W0374244

Armande La-Grande

TONY GARTH

MANGO JEUNESSE

« Vivement que je sois grande,
se dit Armande. Être petite… Beurk !
c'est d'un ennui ! »
Alors, Armande a une idée…
« Si je mets un chapeau de grande,
un collier de grande, des souliers de
grande… Je serai grande. »

Ça, c'est ce que tu penses, Armande !

« Eh, Armande ! Tu viens jouer ?
On s'est déguisés ! Moi en lutin,
et lui en nain. »
« Vous plaisantez ? Ça va me décoiffer. »

Armande est beaucoup trop grande
pour ces jeux de bébé.

Elle préfère se pomponner que de jouer
à la poupée.
« Chère maman, cher papa,
je suis bien trop grande pour ça.
Offrez-moi plutôt du rouge à lèvres
ou des colliers.
Ça, ça me plaît ! »

Quand il est l'heure d'aller au lit, Armande
se brosse les dents toute seule...
« Veux-tu que je te lise une histoire,
chérie ? », demande sa maman.
« Tu n'y penses pas !
Je suis bien trop grande pour ça. »
« Alors, tu es trop grande aussi
pour dormir avec ton nounours ? »

« Ce n'est… euh… pas pareil…
Max, c'est… euh… mon ami !
Je le pose là, à côté de moi. »
« Bonne nuit, chérie ! »
Dès que sa maman est sortie,
Armande attrape Max par la patte.
Elle le serre très fort et lui fait un gros bisou.

Du moment qu'on ne la voit pas,
elle a bien le droit !

Le lendemain matin, Max n'est plus là !
Armande le cherche partout.
Dans son lit, et en dessous.
Derrière les coussins…
Rien ! Armande ne se sent pas très bien.
C'est qu'elle l'adore, son petit nounours !

« Maman ! Max est parti ! »
« Tu es si grande, Armande.
Peut-être a-t-il cru que tu ne l'aimais plus. »
« Mais si ! »

Pauvre Armande !
Elle a bien envie de pleurer.
« Je vais t'aider, dit sa maman.
On va le retrouver. »

« Papa, Max a disparu ! Tu ne l'as pas vu ? »
« Tu cherches ton nounours ? répond Papa.
Mais tu es bien trop grande pour ça ! »

« NON ! hurle Armande.
JE NE SUIS PAS GRANDE !
JE VEUX MON OURS.
MAX, REVIENS ! »

Oh ! oh…
Mais qui a volé le nounours ? C'est le chien.
« Rends-moi Max ! Il est à moi ! »,
crie Armande.

Si le chien pouvait parler, il répondrait :
« J'ai cru que tu n'en voulais plus.
Tu es bien trop grande, Armande. »

Armande sert très fort son petit ours
et lui chuchote à l'oreille :
« Tu es mon nounours à moi… »
« Alors, Armande… Tu en as assez
d'être grande ? », demande Papa.
« Pourquoi ? Les grands aussi ont un ami,
n'est-ce pas ? »

Ils sont terribles !

Collectionne toutes leurs aventures.

Dépôt légal : février 2000 – ISBN : 2 7404 0989-3
Loi 49–956 du 16 juillet 1949 sur les publications destinées à la jeunesse
Traduction : Dominique Foufelle – Participation au texte : Hervé Guyader
Imprimé en Communauté Européenne